MW01048173

El libro de Antón Pirulero / Selección y prólogo Sergio Andricaín,
   Antonio Orlando Rodríguez ; ilustraciones Ivar Da Coll. --
   Edición René Hernández Vera. -- Santafé de Bogotá :
   Panamericana Editorial, 1998.
   72 p. : il. ; 23 cm. -- (Que pase el tren)
   1. Canciones infantiles 2. Canciones de cuna 3. Juegos
infantiles 4. Acertijos I. Rodríguez, Antonio Orlando, 1956-   , comp.
II. Andricaín, Sergio, comp. III. Da Coll, Ivar, il. IV. Hernández Vera,
René, ed. V. Serie
782.42083 cd 20 ed.
AGE6051

                    CEP-Biblioteca Luis-Angel Arango

El libro de
Antón Pirulero

El libro de
Antón Pirulero

Selección y prólogo
Sergio Andricaín
Antonio Orlando Rodríguez

Ilustraciones
Ivar Da Coll

PANAMERICANA
EDITORIAL

Editor
Panamericana Editorial Ltda.

Dirección editorial
Alberto Ramírez Santos

Edición
René Hernández Vera

Diagramación
Elvira Carmen Vargas Araújo

Selección y prólogo
Sergio Andricaín Hernández y Antonio Orlando Rodríguez Ramírez

Ilustraciones interiores y de carátula
Ivar Da Coll R.

Primera edición en Panamericana Editorial Ltda., abril de 1998
Tercera edición, agosto de 2000

© 1998 por selección y prólogo, Sergio Andricaín Hernández y Antonio Orlando Rodríguez Ramírez
© 1998 Panamericana Editorial Ltda.
Calle 12 No. 34-20, Tels.: 3603077 - 2770100
Fax: (57 1) 2373805
Correo electrónico: panaedit@andinet.com
www.panamericanaeditorial.com.co
Santafé de Bogotá, D. C., Colombia

ISBN del ejemplar: 958-30-0474-X
ISBN de la selección: 958-30-0416-2

Impreso por Panamericana Formas e Impresos S. A.
Calle 65 No. 95-28, Tels.: 4302110 - 4300355, Fax: (57 1) 2763008
Quien sólo actúa como impresor.

Impreso en Colombia   Printed in Colombia

Contenido

Prólogo

Antón, Antón,
Antón Pirulero
cada quien, cada quien
atienda su juego
y el que no, y el que no
una prenda pagará.

¿Alguien me llamó? Pues aquí me tienen: soy Antón Pirulero. Desde nadie sabe con certeza cuántos años, los niños de muchos países mencionan mi nombre cuando juegan a las prendas.

Nadie sabe, tampoco, cuál es mi oficio, qué edad tengo ni cuál fue el sitio donde nací; pero eso no importa: si de jugar se trata, todos me invocan y yo llego, al instante, porque me encantan los niños y sus juegos:

Vamos a la huerta
del torotoronjil,
a ver a doña Ana
comiendo perejil.

Doña Ana no está aquí,
anda en su vergel
abriendo la rosa
y cerrando el clavel.

Al igual que las rondas, las rimas, las acertijos y los trabalenguas inventados por el pueblo, voy siempre de aquí para allá, estoy en todas partes a un tiempo: en el cerro y en el llano, en el mar y en el desierto, en la ciudad o en la selva, o simplemente en el patio de mi casa.

El patio de mi casa
es particular,
si llueve, se moja
como los demás.

¡Agáchate, niña,
y vuélvete a agachar!
¡Que si no te agachas
no sabes bailar!

Tan famoso soy que Dora Alonso, una gran
escritora cubana, me dedicó una poesía
en su libro *Palomar*:

   —*Amigo Antón Pirulero,*
   ¿dónde está la mariposa
   que agarró con el sombrero?

   —*La solté en el naranjal*
   después de darle un pañuelo,
   porque se puso a llorar.

Me encanta coleccionar refranes. Por ejemplo: *Para decir mentiras y comer pescado, hay que tener mucho cuidado* o *Júntate con los buenos y serás uno de ellos.* Y como estoy convencido de que *quien se esfuerza, encuentra,* un día me propuse recoger muchas de esas expresiones de la tradición oral que han viajado de boca en boca, de los tatarabuelos a los abuelos, de los abuelos a los padres y de los padres a los hijos.

13

Aquí encontrarán coplas disparatadas y divertidas:

Tú que te las das de sabio,
di, si puedes contestar:
¿con cuántas pipas de miel
se endulza el agua de mar?

También adivinanzas que los pondrán a pensar:

Todo el mundo lo lleva,
todo el mundo lo tiene,
porque a todos les dan uno
en cuanto al mundo vienen.

¿Qué es? Eso mismo: ¡el nombre!

Y claro, no pueden faltar los trabalenguas:

Lado, ledo, lido, lodo, ludo;
decirlo al revés yo dudo.
Ludo, lodo, lido, ledo, lado,
¡qué trabajo me ha costado!

Para confeccionar esta obra tuve la ayuda de mi tortuga Catalina, mi perro Pérez, mi gata Azabache, mi loro Amenodoro, mis conejos y de todos mis vecinos y amigos. El día que este libro salió de la imprenta, calentico como un pan recién horneado y con olor a tinta fresca, hicimos una gran fiesta.

Ojalá que, al leerlo, también te sientas tú en medio de una rumba.

Mi tortuga Catalina padece de insomnio.

A veces es muy tarde en la noche y no logra quedarse dormida.

Todos los demás animales hace rato roncan a pata suelta, soñando con quién sabe qué, pero Catalina no consigue entrar en el país del sueño.

Entonces, para ayudarla, la mezo en su caparazón-cuna y la arrullo con las canciones que me cantaba por las noches mi mamá Antoñica de Pirulero.

Los ojos se me van empiyamando y no sé quién se duerme primero, si mi tortuga o yo.

Esas nanas dicen así...

Nanas

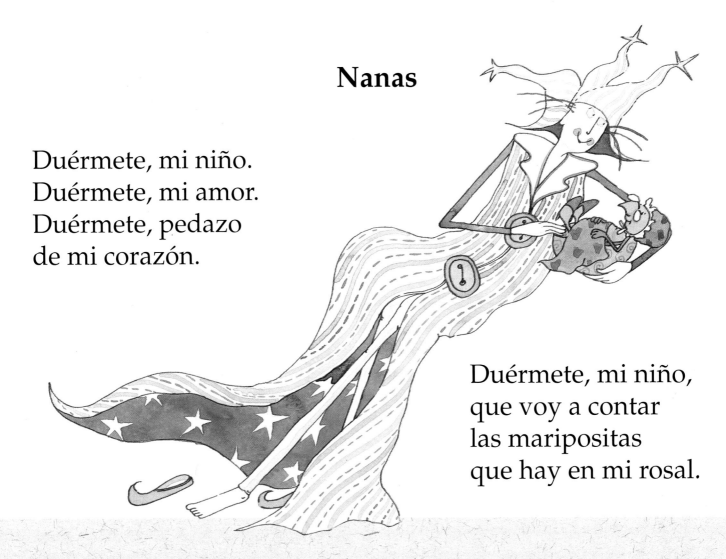

Duérmete, mi niño.
Duérmete, mi amor.
Duérmete, pedazo
de mi corazón.

Duérmete, mi niño,
que voy a contar
las mariposas
que hay en mi rosal.

Arroró, arroró,
niño de mi corazón.

Nana, nanita,
nanita, nana,
duérmete, lucerito
de la mañana.

Ea la nana,
ea la nana,
duérmete, lucerito
de la mañana.

Este niño lindo
que nació de noche
quiere que lo lleven
a pasear en coche.

Este niño lindo
que nació de día
quiere que lo lleven
a la dulcería.

Duérmete, mi niño,
duérmete, mi bien,
porque ya tu madre
va a dormir también.

Duérmete, mi vida,
duérmete, mi amor;
rosas sin espinas,
clavel en botón.

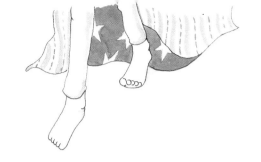

Duérmete, niño chiquito,
duérmete, que te daré
un caballo rosadito
para que juegues con él.

Arrorró, arrorró,
niño de mi corazón.

Si mi niño se durmiera
yo le regalaría
un zapatito de oro
que tuviera su media.

Arrorró, arrorró,
niño de mi corazón.

¿Qué se le da al niño
para que no llore?
Una canastilla
cargada de flores.

Arrorró, arrorró,
niño de mi corazón.

¿Qué se le da al niño
pa' que se entretenga?
Una carretilla
pa' que vaya y venga.

Arrorró, arrorró,
niño de mi corazón.

Allá viene el Coco,
déjalo que venga;
que, si viene solo,
le saco la lengua.

Allá viene el Coco,
¡déjalo venir!
Ya mi niño lindo
se quiere dormir.

Arroró, mi niño,
ya se me durmió,
con el arrorró.

A veces nos sentimos tan contentos, que hacemos una ronda y empezamos a dar vueltas y más vueltas por el patio.

El perro con la gata, la gata con la tortuga, la tortuga con los conejos, los conejos con el loro y en el centro, yo, Antón Pirulero, con mi sombrero alón y mi paraguas mágico.

Cantamos y jugamos, ante los ojos asombrados de los que pasan por el camino.

"¿Hoy es el cumpleaños de alguno de ustedes?", preguntan, curiosos, los que pasan y nos ven en plena diversión.

Y nosotros siempre contestamos lo mismo:

"¿Es que para rodar en la ronda hay que esperar que alguien cumpla años? Jugamos y cantamos porque sí".

Rondas, canciones y rimas de juegos

A la rueda rueda
de pan y canela
dame un besito
y vete pa' la escuela.

Si no quieres ir
acuéstate a dormir
en la yerbabuena
o en el toronjil.

La señorita ...
ha entrado en el baile.
¡Que lo baile,
que lo baile!

Déjenla sola,
sola, solita.
La quiero ver saltar
brincar, volar por los aires,
sola, solita.

La señorita ...

Que llueva, que llueva
la Virgen de la Cueva.
Los pajaritos cantan,
las nubes se levantan.

Que sí, que no,
que caiga un chaparrón.

San Isidro,
labrador,
trae el agua
y quita el sol.

San Isidro,
labrador,
quita el agua
y pon el sol.

El cocherito
leré
me dijo un día
leré
que si quería
leré
montarme en coche
leré

y yo le dije
leré
con gran salero
leré
no quiero coche
leré
que me mareo
leré.

31

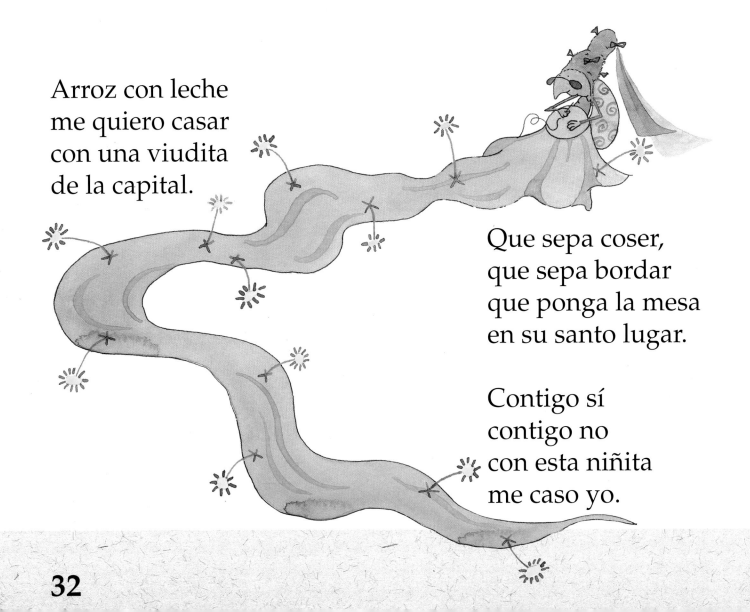

Arroz con leche
me quiero casar
con una viudita
de la capital.

Que sepa coser,
que sepa bordar
que ponga la mesa
en su santo lugar.

Contigo sí
contigo no
con esta niñita
me caso yo.

Estaba la pájara pinta
sentada en su verde limón,
con el pico recoge la rama,
con la rama recoge la flor.

¡Ay, Dios! ¿Cuándo veré a mi amor?

Me arrodillo a los pies de mi amante,
me levanto fiel y constante.
Dame esta mano, dame esta otra,
dame un besito que sea de tu boca.

33

Naranja dulce,
limón partido,
dame un abrazo
que yo te pido.

Si fueran falsos
mis juramentos
pronto, muy pronto
se olvidarán.

Cuando salí de La Habana
de nadie me despedí:
sólo de un perrito chino
que venía tras de mí.

Como el perrito era chino
un señor me lo compró
por un poco dinero
y unas botas de charol.

Las botas se me rompieron
el dinero se acabó,
¡ay, perrito de mi vida;
ay, perrito de mi amor!

Un chino
cayó en un pozo
las tripas
se hicieron agua.

Arre pote pote pote,
arre pote pote pa.

Había una chinita
sentada en un café
con los zapatos blancos
y las medias al revés.

Arre pote pote pote
arre pote pote pa.

Estaba el chinito Kon,
estaba comiendo arroz.
El arroz estaba caliente
y el chinito se quemó.

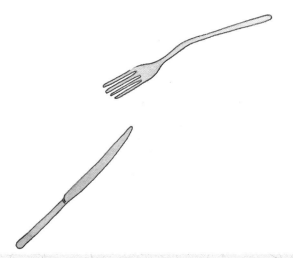

La culpa la tuvo usted
de lo que le sucedió;
por no darle ni cuchara,
cuchillo ni tenedor.

Un elefante se balanceaba
sobre la tela de una araña
y al ver que resistía
fue a buscar a un camarada.

Dos elefantes se balanceaban
sobre la tela de una araña
y al ver que resistían
fueron a buscar un camarada.

Tres elefantes se balanceaban...

Tin Marín
de do pingüé
cúcara mácara
títere fue.

Pasó la mula,
pasó Miguel.
Mira a ver
quién fue.

La manzana se pasea
de la sala al comedor
no me pinches con cuchillo
pínchame con te-ne-dor.

¿Quién conoce más coplas?
La discusión es interminable.

El loro Amenodoro dice que él y yo digo que no.
Le digo que yo y el loro Amenodoro dice que ja ja ja.
Y como no nos ponemos de acuerdo, decidimos
hacer una competencia.

Invitamos a los vecinos y empezamos a cantar.
Una copla él, una copla yo. Otra yo, otra él.

Y entre copla y copla, risas, aplausos y silbidos.
¡Qué coplerío!

Coplas

En el patio de mi casa
hay una mata de almendras
con un letrero que dice:
el que no sabe que aprenda.

A la orilla de un hombre
estaba un río
afilando su caballo
y dando agua al cuchillo.

Cuatro esquinas tiene el muelle
cuatro esquinas la bahía,
cuatro esquinas el pañuelo
que me regaló María.

El amor es un bichito
que por los ojos se mete,
cuando llega al corazón
estalla como un cohete.

Traigo una corona
y una coronita
para coronar
a la más bonita.

Tírote la luna,
tírote el limón,
tírote las llaves
de mi corazón.

Ayer pasé por tu casa
y me tiraste un limón,
el limón me dio en la frente,
el zumo, en el corazón.

Los zapaticos me aprietan
las medias me dan calor
y el besito que me diste
lo tengo en el corazón.

Si un músico te enamora
nunca le digas que sí,
sólo te dará a comer
do-re-mi-fa-sol-la-si.

Cuando cuentes las estrellas,
cuéntalas de dos en dos
y si te parecen muchas
mucho más te quiero yo.

En el medio de la mar
suspiraba una ballena
y en el suspiro decía:
"quien tiene amor, tiene penas".

La luna sale de noche;
el sol, en cambio, de día;
es por eso que la luna
vive con la cara fría.

Esta es la noche
este es el día,
y esta es la boca
de doña María.

Estrellita blanca,
rosalito en flor,
abre ya los ojos
que amanece Dios.

De puerta en puerta fuimos en busca de retahílas.
Y cada una de las vecinas,
que tienen muy buena memoria
y recuerdan sus juegos de la infancia
como si el tiempo no hubiera transcurrido,
nos dictó una.

Retahílas

El toro, al agua;
el agua, al fuego;
el fuego, al palo;
el palo, al perro;
el perro, al gato;
el gato, al ratón;
el ratón, a la araña
y la araña a su amor.

Esta es la llave de Roma, y toma.
En Roma hay una calle,
en la calle una casa,
en la casa un zaguán,
en el zaguán una cocina,
en la cocina una sala,
en la sala una alcoba,
en la alcoba una cama,
en la cama una dama.

Junto a la cama una mesa,
en la mesa una silla,
en la silla una jaula,
en la jaula un pajarito que dice:
Esta es la llave de Roma, y toma...

A la una, mi mula.
A las dos, mi reloj.
A las tres, mi café.
A las cuatro, mi gato.
A las cinco, te hinco.
A las seis, pan de rey.
A las siete, machete.
A las ocho, bizcocho.
¡Corre, que te doy con el mocho!

A la una nací yo.
A las dos me bautizaron.
A las tres me confirmaron.
A las cuatro me casé.
A las cinco tuve un hijo.
A las seis se me ordenó.
A las siete cantó misa.
A las ocho se murió.
A las nueve fue el entierro.
A las diez lo supe yo.
A las once subió al cielo
y a las doce se acabó.

Con real y medio
compré una pava,
y la pava tuvo un pavito.
Tengo la pava,
tengo el pavito
y siempre tengo
mi real y medio.

Con real y medio
compré una gata
y la gata tuvo un gatico.
Tengo la gata,
tengo el gatico,
tengo la pava,
tengo el pavito
y siempre tengo
mi real y medio.

Con real y medio
compré una chiva
y la chiva tuvo un chivito.
Tengo la chiva,
tengo el chivito,
tengo la gata,
tengo el gatico,
tengo la pava,
tengo el pavito
y siempre tengo
mi real y medio.

Con real y medio
compré una lora
y la lora tuvo un lorito.
Tengo la lora,
tengo el lorito,
tengo la chiva,
tengo el chivito,
tengo la gata,
tengo el gatico,
tengo la pava,
tengo el pavito
y siempre tengo
mi real y medio.

Con real y medio...

Esta es la Noche de las Adivinanzas. Noche de preguntas y respuestas.

A la luz de una hoguera, empieza la fiesta de los enigmas.

Bajo las estrellas, cada cual lanza su acertijo y los demás tratamos de contestarlo.

Y todos –perro, gata, tortuga, conejos, vecinos y yo, Antón Pirulero– nos divertimos a más no poder.

"Adivina, adivinador"...

Adivinanzas

Llenos de hojas están
pero árboles no son.
Estos amigos tan buenos
adivina quiénes son.

sorbil soL

Pasa río,
pasa mar,
no tiene pies
y sabe andar,
no tiene boca
y sabe hablar.

atrac aL

Dos niñas asomaditas
cada una a su ventana;
lo ven y lo cuentan todo,
sin decir una palabra.

sojo soL

De bronce, el tallo,
las hojas, de esmeralda,
de oro es el fruto,
las flores son de plata.

ojnaran lE

Una casita
con dos ventaniscos.
Si la miras bien
te pones bizco.

ziran aL

Cielo arriba y cielo abajo,
en medio una laguna blanca.

ococ lE

Ventana sobre ventana,
sobre ventana, balcón,
sobre el balcón, una dama
sobre la dama, una flor.

añip aL

62

Soy un viejecito
muy mal oliente
tengo la cabeza
llena de dientes.

oja lE

Una cajita chiquita,
blanca como la cal;
todos la saben abrir
nadie la sabe cerrar.

oveuh lE

Una señora muy enseñorada,
con muchos remiendos
y sin una puntada.

anillag aL

63

Tiene ojos de gato y no es gato;
orejas de gato y no es gato;
patas de gato y no es gato;
rabo de gato y no es gato.

atag aL

Cuando llega la mañana
yo la salgo a saludar
con mi canto digo a todos
que se pueden despertar.

ollag lE

Viborita tiesa
que silbas alegre
cuando alguien te besa.

atualf aL

Una vieja titiloca
con la boca en la barriga
y las tripas en la boca.

arratiug aL

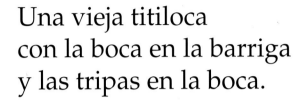

Muchos hermanitos somos
que en una casita vivimos:
si nos rascan la cabeza,
al instante nos morimos.

sorofsóf soL

65

Fui a la plaza
y compré un negrito,
vino a mi casa
y se puso coloradito.

nóbrac lE

Una dama muy delgada
y de palidez mortal,
que se alegra y se reanima
cuando la van a quemar.

alev aL

Tengo cabeza
y un solo pie;
me golpean todos,
¡no sé por qué!

ovalc lE

¿Qué es lo que se compra
para comer
y no se come?

arahcuc aL

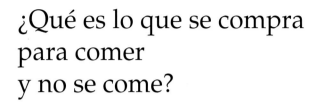

Si lo nombro,
lo rompo.

oicnelis lE

Para bailar me pongo la capa,
para bailar me la vuelvo a quitar,
no puedo bailar con capa,
sin capa no puedo bailar.

opmort lE

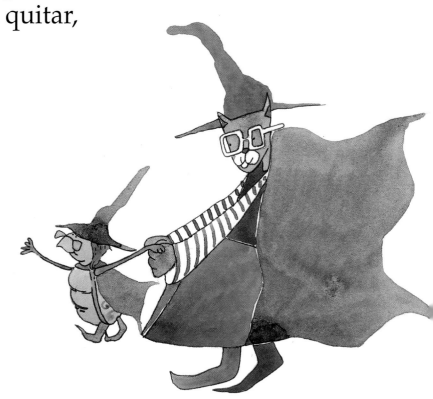

Millones de soldaditos
van unidos a la guerra;
y arrojan lanzas que caen
de punta sobre la tierra.

aivull aL

Crece y se achica
y nadie la ve;
no es luz y se apaga,
adivina qué es.

des aL

Un chiquito muy chiquito
pone fin a todo lo escrito.

otnup lE

Y aquí termina
El libro de Antón Pirulero.

Si vuelves a leerlo,
no me enojo por ello.